D1243292

Jodie Callaghan uga'tugwaqanm *Ga's* wete'g'p, The Mi'gmaq Writers Award ugjit 2010eg, te'sipugqeg Mi'gmawei Mawiomi Secretariat iga'tu'tij wisuoqonmaqan ugjit we'jianew ta'nig nata'wi'g'mi'titl Nnuweie'l a'tugwaqann.

Jodie Callaghan's story *The Train* was the winner of The Mi'gmaq Writers Award in 2010, an annual contest run by the Mi'gmawei Mawiomi Secretariat to recognize talented Mi'gmaq writers.

WISUTE'GEG
of the
Second Story Press
Indigenous Writing
Contest

Ga's
The Train

WINNER
of the
Second Story Press
Indigenous Writing
Contest

interpreted/
translated by
Joe Wilmot,
Nugins'tmasewet

written by
Jodie Callaghan,
Giswi'g'g

illustrated by
Georgia Lesley,
Nujiamalwi'giget

Second Story Press

For my grams,
I love you and I miss you.
—Jodie Lynn

Library and Archives Canada Cataloguing in Publication

Title: Ga's / Jodie Callaghan, giswi'g'g ; Georgia Lesley, nujiamalwi'giget ; Joe Wilmot,
    nugins'tmasewet = The train / written by Jodie Callaghan ; illustrated by Georgia Lesley ;
    interpreted/translated by Joe Wilmot.
Other titles: Train
Names: Callaghan, Jodie, 1984- author. | Lesley, Georgia, illustrator. | Wilmot, Joe, translator. |
    Callaghan, Jodie, 1984- Train. | Callaghan, Jodie, 1984- Train. Micmac.
Description: Text in original English and Mi'gmaq translation.
Identifiers: Canadiana 20210135948 | ISBN 9781772602005 (hardcover)
Subjects: LCGFT: Fiction. | LCGFT: Picture books.
Classification: LCC PS8605.A4594 T73165 2021 | DDC jC813/.6—dc23

Translation copyright © 2021 by Joe Wilmot

Text copyright © 2020 by Jodie Callaghan
Illustrations copyright © 2020 by Georgia Lesley

Printed and bound in China

Second Story Press gratefully acknowledges the support of the Ontario Arts Council
and the Canada Council for the Arts for our publishing program. We acknowledge the
financial support of the Government of Canada through the Canada Book Fund.

Published by
Second Story Press
20 Maud Street, Suite 401
Toronto, Ontario, Canada
M5V 2M5
www.secondstorypress.ca

Ula wi'gatign, *Ga's* gisins'tmasewatg Joe Wilmot tleiawit Listugujg, Gepeg. Joe na uggijl elgimut'p wigultimg ta'n etlgina'masimg ugjit asugom te'sipunqeg aq na ta'n etlintoqop ugtli'sutim. Na ta'n tujiw pipanimuteg ugjit 'ns'tmasewatmn ula wi'gatign *Ga's*, mu gistluegup moqwa', muta telte'g'p s't'ge' ula a'tugwaqan wesgu'tg'p ta'n goqwei uggijl wetsaputa'sinipnn aq ta'n telimtue'g'p ugjit apajgnu'tmasinin ugtli'sutim, ta'n na gina'muo'guom wesua'tat'p. Joe ajipjutg na ula wi'gatign miguimugsitesnug ta'n te's'geg goqweieg naqtas'g'pneg na wigultimg ta'n etlgina'masimg.

The Train was interpreted/translated into Mi'gmaw by Joe Wilmot of Listuguj, in Quebec. Joe is the son of a residential school survivor who came home after six years without her language. So, after being asked to translate *The Train*, he felt that he could not refuse this request based on his feelings of what happened to his mother and her struggle to regain her language, which school took away from her. Joe hopes that this book will be a reminder of all that was left behind at the residential schools.

Ashley na me' apje'ji'jip aq umisl, gatu tepipuna'p gina'muo'guomg 'lien te'siegsitpu'g aq 'nmien te'siula'gw newtuga'wlugwej.

Ashley was smaller than her sister, but old enough to walk herself to school every morning and back again at the end of the day.

Mu na tetaqeiugup pemlga'j i'gtegtesg'g maqamigew glamen neit'tesgtal guntal aq gaqismilamu'g wasiantej, ta'n igo'toqol ugtuop'timg wiguaq ta'n etlinpaj.

She took her time when she walked—kicking dirt to uncover stones and pieces of colored glass, which she kept on the windowsill in her bedroom.

Welwasateg'p na ula gismewlia'wej.

Ashley amujpa wenaqang'p ugpitn glamen
gisnmitutew ta'n eliej awtigtug.

The sun was exceptionally bright this afternoon.
Ashley had to shield her eyes with a hand to see the road.

Tepaqan pems'g'p gigjiw aq gesigaw unaqtesg'g'p tupgwan. Ugpugugl wijgijga'qapnn, aq naqa'sip aq ga'sg'pmnn. Metuispigweta'sit, toqo majulgwatg'pnn enmapaqtegl awti'jl glapis ta'n na sa'qawei Ga's awtiei wenji'guom i'teg'p.

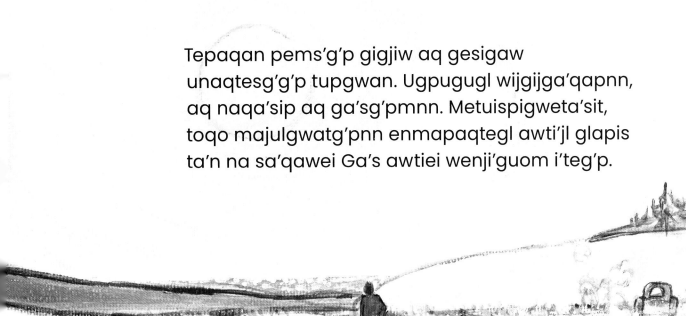

A car sped past her, billowing up a cloud of dirt. It stung her eyes, and she stopped to wipe them. Squinting, she followed the tire tracks up the road to where the old train station used to stand.

Na apsi'gwes ta'n wen alpuguip pitaqsiguigtug ta'n Ga's awti eteg'p.

Ashley nenuapnn ta'n wenn alpuguinitl ali aptu'na'mnitl. Wesgewigwa'sip aq poqt'tugwi'g'p. Na waiopsgl i'mtetesg'pnn waiopsqo'igtug, aq ugtui'gatignn patewtesg'pnn ugpaqamg ugpemawlapimeweimg. "Ntlamugsis!" sesgwet. "Ntlamugsis!"

Ashley ugtlamugsisl gigto'qopugua'sinipnn aq wesgewiga'sualt'pnn. "Allo Tu's," teluwet, aq elasgnuap ta'n ugpitn wele'g glamen gisiugjoqsmualatal. Fltuwi'g'pnn aq wesmoqjualtipnig. Ugtlamugsisl welp'sinipnn wijinuang aq telima'nipnn st'ge' weljema'jgewe'l. Etegjpugua'sip aq angamapnn.

A small figure stood in the tall grass by the tracks.

Ashley recognized the way the figure leaned against his cane. She smiled and broke into a run. The beads in her backpack jingled in their tin, and her schoolbooks bounced, heavy against her back.

"Uncle!" she shouted. "Uncle!"

Ashley's uncle turned and greeted her with a smile. "Hello, tu's," he said, extending his good arm to give her a hug. She rushed into him, burrowing her face in his wool jacket. He was warm against her cheek. She inhaled deeply. He smelled like sage. She pulled away and looked up at him.

"Ntlamusis tallugwenula tet?"

Ugpugugl apsa'tig'pnn aq ijga'wesgewigwa'sip ge's Ashleyal etliangamaj, gatu Ashley mu nemituagupnn ugpugugl wetatenugul st'ge' ta'n tujiw welgwijinij. Elapinipnn na gasawo'q awti. Na ti'lsig ta'n wenaqanmi'tip gasawo'q nige' suguluajig aq teme'gig muta ta'n na te'sipunqeg elisultijig maqamigeg gujmug. Mu wen nugu' angite'tmug ula ta'n eimi'tij.

"Etliesgmatm na Ga's," sangew teluet.

Ashley elt elapa'suatg na gasawo'q awti. Lpa nugu' gaqaiaq aq jiga'jewe'l gaqia'sisigwel—mu nugu' g Ga's gispmianug. Ashley wesgewe'ji'jip. "Ntlamugsis! Mu nugu Ga's tet pemianug."

"Geitu Tu's." Ijga' elpugua'wsip ugtaptu'ng. Sangew punigs'gewitutg'p. "Geitu."

"Uncle, what are you doing here?"

The corners of his eyes crinkled, and one side of his mouth turned up in a lopsided smile as Ashley's uncle looked at her, but she could see the light in his eyes. He focused his gaze down the train tracks. The planks of wood between the metal rails were rotting and broken from years and years of weather damage. It was easy to see the community no longer thought of this place.

"I'm waiting for the train," he let out in a small voice.

Ashley looked down the track too. It was worn and overgrown with weeds—no longer fit for a train. She giggled. "Uncle! The train doesn't come here anymore."

"I know, tu's." He shifted his weight onto his cane. His smile drooped slowly. "I know."

Ashley punigs'gewitutg'p elg aq
atgigwa's'g'p ugtuwejan ge's
sespetelmaj ugtlamugsisl.

"Goqwei amsalteg?
Talgis teltaqawajein?"

Ashley stopped smiling
as well and furrowed her
brow in concern.
"What's wrong?
Why are you so sad?"

Mu gisita'sigw ta'n telapewa'sij aq angamapnn ugsmji'jl aq telimapnn. "Ge jugu'wa."

A look of indecision crossed his face as he glanced down at his small niece. "Come here," he said.

Ugtlamugsisl eliasgaja'nitl ta'n elgnategewei esguiaq eteg'p, i'qamig'pneg Ga's o'guomeg. Engopa'sip aq tepa'toqop ugtaptu'n ugjigung. Ashley majulgwep, aq engopa'sip 'msiguigtug gigji'w ugtlamugsisl ugwatg.

Megng'p jiga'jewei aq nipi'ji'jg meno'lapni, mgamlamun ewi'g'g'p ugpitng wisawamu'g.

"Taqawajei muta mimajuinu'g awanta'suatmi'titeg ta'n tet i'tliaqap," ugltamugsisl teluenitl, elapinitl gasawo'q awtigtug.

Ashley suel elapa'sip ta'n elapinij, gatu na geitoqop mu goqwei etenugup. Gi's pituiptlnaqan tet i'pmiet. Na ilamapnn ugtlamugsisl, gigjaptmuatl ugatgiwann ugsisgu'jg. Usapunji'jl se'susg'tegl ugsisgug muta ugpaqamg wet'gp ugju'sn, maljewe'juiangamgusinitl nige' ugjit negm.

Uncle hobbled over to a piece of concrete foundation left from the old train station. He sat down and balanced his cane atop his knees. Ashley followed, sitting in the tall grass by his feet.

She plucked a dandelion and rubbed it against the back of her hand, tracing a heart with the yellow stain.

"I'm sad because our people have forgotten about this place," her uncle said, looking off down the track.

Ashley almost turned to see what he was looking at, but she knew nothing was there. She had walked by this place a thousand times. She focused on her uncle, studying the lines on his small face. Wisps of gray hair fluttered around his head as the wind blew from behind him, yet he looked young to her right now.

"Ta'n tlianutug?" teluet.

"Mawi espe'g na ula eimu'g ugjit ni'n, aq maw igtigig eimu'tijig st'ge' ni'n," gintluet.

"Talgis?" pipanimatl. Goqwei gistliespe't's ula tet ta'n ensgi'gl gaqiangunigwegl Ga's awti?

Ugtlamugsisl tapuapja'sinip ugtaptu'n aq enmtestoqop maqamigeg. Aptoqapja'sip ugtaptu'n aq elapip ta'n engopinij Ashleyal 'msiguigtug.

"What happened?" she wondered aloud.

"This place is very important to me, and to people like me," he said proudly.

"Why?" she asked. What could be so important about a weeded-over train track?

Uncle clutched his cane in both hands and planted the rubber end firmly on the ground. He leaned into it, looking at where she sat in the tall grass.

"Gi's nige' sa'q, tet na i'pmiaqap Ga's," poqtewistoq. "Etug newt te's tepgunset aq 'nqatal ta'n goqwe'l nuta'qal, st'ge' aptelmultimgewe'l aq tapatang—ta'n goqwei wejiaq piluwei se'g." Wesua'toq ugtmusueim umapos'mg aq iga'toq ugplaqaneg, menipgnaji apapi'g ge's etlewistoq. "Ngijinen i'ilgimugsieg'p ni'n aq gmijgamijl Timmyal najiultesgmnen na Ga's muta mawgisiguieg'p. Tet na i'na'plpugulitaiegp aq ligpenignminal, toqo ta'n tujiw gisitpu'sieg, na enmitaiegp. Timmy aq ni'n i'gsua'lgg'tp't alawen newte'jinitl tapatanl aq enm'p't'pnig. I'tlp'gt'p'pnig st'ge' wenju'su'nl!"

Ashley wesgewe'ji'jip angite'lmateg Umijgamijl Timmyal aq Ugtlamugsisl 'Ipa'tujui'titeg, esgpa'tijig tapatang.

"A long time ago, there was a train that ran through this place," he began. "It would come maybe once a month to drop things off, things like rice and potatoes—stuff from outside of the reserve." He took his handkerchief out of his pocket and placed it on his lap, picking at loose threads as he spoke. "Giju' would send me and your Grandfather Timmy down to meet the train because we were the oldest. We would all line up here to wait with our baskets, and after we got our rations, we would walk home. Timmy and I would always sneak a potato each to eat on the way. We ate them raw, like they were apples!"

Ashley giggled at the thought of Grandfather Timmy and Uncle as small boys, eating raw potatoes.

Ugtlamugsisl siawewistunipnn.

"Newtejgeg na'gwe'g 'Ngijinen elgimugsieg'p ne'wieg ta'n mawgisigultieg aq lipgegignminal. Toqwa'q'p na gatu 'Ngijjinen telimugsieg'p nespnug gesigewe'g 'gotmuaq. Etltemip, aq mu geitueg'p ta'n goqwei ugjit. Giju' mu gaqi'sg atgitemigup, gatu newt poqt'temij, mu gisinqa'masigup. Alawenn wesa'qalmapnn aq elgimugsieg'p Ga'so'guomigtug." Na tujiw nisapa'suatg'p na elgnategewei tepgopip. "Ta'n tujiw peitaie'g, mijua'ji'jg eimu'tipnig ta'n tleiawultipnig Nnue'gatig. Nigma'j Benny nemi'g'p, na pipanimgt'p ta'n teliaq. Mu geitugup." Ntlamugsis elu'gwatg'p ta'n gasawo'qawti sewisg'eg'p. "Gi's Ga's eteg'p. Ta'sijig ji'nmug gaqamultipnig ta'n mesgi'gl ga'qann panteteg'pnn. 'Elu'gwalugsie'p aq teluepnig gilew tm'g.' Toqo tepo'lugsieg'p Ga'sigtug."

Her uncle continued.

"One day, Giju' sent the four oldest kids out with baskets. It was early fall, but she made us take our winter coats. She was crying, and we didn't know why. Giju' didn't cry often, but when she got started, she couldn't stop. She gave us each a kiss and sent us to the train station." He looked down at the foundation he was sitting on. "When we arrived, there were children from all over the village. I saw my cousin Benny, so I asked him what was going on. He didn't know." Uncle pointed to the broken track. "The train was already here. A few men were standing by the open cargo doors. They pointed at us and said, 'Okay, you first.' And then they put us on the train."

Ashley getu'glusip, gatu ta'n ugtlamugsisl telapewa'sinipnn naqa'lt'p. Aq negm poqtewistoqop.

"Ntjignam aq ntgwe'ji'j me maljewe'juipnig aq ni'n, na piluwei tepaqan tepa'lut'pnig. Timmy aq ni'n me' ijga' mesgileg'p, aq ela'lugsieg'p nigantug. Ta'n tujiw gina'muo'guomg peitaie'g, pa'tlia'sisguaq teimugsieg'p pisgwita'gw. Wesua'tugsieg'pnn nutapsunial. Wesua'tugsieg'pnn ntligpenignminal. Temalsaqte'mugsieg'p. Telimugsieg'p na mu nugu' Nnultiweg. Aq 'gtu'gi'gaja'sij wen, na taqamut'p, aq jijuaqa me ma'muna'lut'p wen...." Na tujiw poqjigimewistoqop. "Mu ignmugsiweg'p Nnui'sultinen. Mu ignmugsiweg'p Nnuultinen."

Ashley ugtlamugsisl megnmnip ugtmusueim aq sitnigwip. Segapja'suatg'p musuei inaqaneg, ugttlmaqang sangew etlpepuienipni.

Ashley wanted to speak, but her uncle's expression stopped her. He began again.

"My brother and sister were a bit younger than me, so they got put on a different car. Timmy and I were bigger, and they moved us to the front. When we got to the school, the nuns told us to get inside. They took our clothes. They took our baskets. They cut off all of our hair. They told us we were no longer native. And if we put up a fuss, we were hit, sometimes worse...." His voice trailed off into a whisper. "We weren't allowed to speak our language. We weren't allowed to be Nnu."

Ashley's uncle picked up his handkerchief and blew his nose. He clutched it tightly in his right hand, his shoulders trembling softly.

"As'gom te'sipuqeg eimap na'te'l," telimatl Ashleyal.
"Mu gisiaqalasiewi'siwap, mu pugwelugup ta'n wen
gelulg. Teleiap 's'tge' apigji'j, etligasi poqt'sga's'gigtug."
Wesgewigwa'sip, ugsaqpigu'n neiateg'pnn ugpugug.
"Lpa getu' gs'ga'siap. Gatu we'ji'lipnig."

Ashley nisapip 'msiguigtug. Megng'pnn ta's'gl 'msigu'l
aq apjiptlaqatgpilg'pnn. "Goqwei wetla'taqatisnig na?"
Wenaqapa'sip. Ugatgiwaml sangew mu teltminugl.
Ugpugul wasoqegpnn ta'n na'gu'setl etlnisasinij ugtinneg.

"Muta piltuo'ltieg'p ninen," Unjaqajewei teluet.

Ashley megwa'tigl wijinuwann. Wegaig'p aq mu geitug'p
ta'n tlta'sitew. "Talgis mu gujj aq ggij nemisgugsiwoqos?
Talgis mu naqa'tu'tigus na Ga's?" Geitoq'p negm
ugsaqpigu'nn nugu' guta'tital.

Ugtlamugsisl wejitega'sinipnn. "Mugeitu'tigup. Mu wen
geitu'gup.

"Gatu na Ga's gaqsa'se'wa'toqop 'ms't goqwei."

"I was there for six years," he told his niece. "I didn't know how to speak any English, so I didn't talk to many people. I was like a little mouse, hiding in my room." He smiled softly, tears gathering in the corners of his eyes. "I tried to be invisible. But they found me."

Ashley stared down at the grass. She plucked a few pieces and tied them into knots. "Why did they do that?" She looked up. The deep lines in her uncle's face had softened. His eyes glittered as the sun shone down on his brown skin.

"Because we were different," he said calmly.

Ashley's cheeks grew warmer. She felt angry and confused. "Why didn't your mommy and daddy come and get you? Why didn't they stop the train?" She felt her own tears welling up.

Her uncle shrugged. "They didn't know. No one knew. But that train changed everything."

"Taqwajeiu's'p ta'n telmaja'sin?"

Majigwetoqop, aq ugsitunn poqjipepuienipnn.
"Mu wen eimug'p atiougsinen. Mu wen eimug'p
ugjmoqsualugsinen gisna ugsa'qalmugsinen.
Gisna miguitelmusinen ta'n wenultieg'p na
na'gwe'g maitaie'g."

"Mesgei, untlamugsis," Ashley sapnoqtg'p
ugsaqpigu'nn.

Ta'n tajige'g ugpitn sangew tepa'tuaj
ugtlmaqann. "Mu na gi'l tela'tegewt'p Tu's."

Ijga' wenaqapa'latl aq wesgewigwetuatl.
"Gi'l aq 'ggwe'ji'j gisa'lioq welgwija'si. Ta'n tujiw
nutloq wesgeweioq aq nemu'loq altugwi'moq
aq mila'tioq, gisa'lig angite'tmn newte' na
na'gweg wejgu'aq na ms't goqwei glult'tew.
Newte' na'gweg ma nugu' wenmajo'tigw."
Na naqa'sit aq ap elapa'suatg na gasawo'qawti
ijga'. "Pewalul 'gji'tun ta'n wetape'sultijig
'gjigsu'g, Ashley. Glamen gisginitelsitesg
ta'n elien."

"Were you sad to leave?" Ashley asked.

He nodded, and his voice began to tremble again. "There was nobody beside us waving good-bye. There was nobody there to hug us and to kiss us. Or to remember who we were when we left that day."

"I'm sorry, Uncle," Ashley choked through her tears.

He placed his good hand on her shoulder. "It's not your fault, tu's."

He lifted her chin and smiled at her. "You and your sister make me so happy. When I hear you laugh and see you run and play, it makes me think that one day, everything will be okay again. One day, we won't be so sad." He paused and looked toward the track for a moment. "I wanted you to know where your family has come from, Ashley. So you can be proud of where you are going."

Ashley ga's'g'l ugsaqpigu'nn ugpsang. "Na ugjit tet wetjugu'wen aq engopin, Ntlamugsis? Etl migwite'tmn ta'n teliaqap?"

Majigwetoqop aq angita'sip ijga'. "Tet na wejguwei ugjit miguite'tmn ta'n teliaqap, gatu elt wejjugu'wei ugjit esgman."

"Goqwei esgmatmn?" pipanimatl, ejiglapa'sit aq angaptg Ga's awti sewisge'g aq jijua'qiaq, me wela'gw, teltegl ta'n telinqatgpnn.

"Etliesgmatm ta'n goqwei entu'g'p apaja's'gtn," teluet.

Ashley wiped her tears with her sleeve. "Is that why you come to sit here, Uncle? To remember what happened?"

He nodded and thought for a moment. "I come here to remember what happened, but I also come here to wait."

"What are you waiting for?" she asked, craning her neck to look at the tracks, broken and rusted, still in the evening light, just how she had left them.

"I'm waiting for what we lost that day to come back to us," he said.

"Goqwei ugjit?" pipanimatl.

"Muta mu ni'n esgmawan wen
esgmatew?" teluet aq sepigwa'sit.

"Why?" she asked.

"Because if I don't, who will?"
he asked, closing his eyes tightly.

Ashley wenaqisga'sip aq sama'tuapnn Ugtlamugsisl ugtluignn. Ugpitn pana'toqop aq utluignji'jl iga'toqopnn Ugtlamugsisl lamiptng. Angamapnn ugsmji'jl. Aq negm wesgewiga'sualapnn aq telimapnn, "Mut sespeta'siw, Ntlamugsis. Toqiesgmatesgnu."

Ashley reached up and touched Uncle's fingers. They uncurled and her hand rested, small, inside his. He looked at his little niece. She smiled up at him and said, "Don't worry, Uncle. I will wait with you."

Glossary of Mi'gmaq Words

tu's Short for ntus, which means "my daughter."
It's used for young girls as a term of endearment.

Giju' Mother.

Nnu Indigenous person.

Telte'tas'g na me' pugwelgig aq 150,000 te'sijig mijua'ji'jg ula Ganata ta'n elgimut'pnig na wigultimg gina'muo'guoml ta'n mu gismawigultigupnig ugjigsuaq aq um'tgiwaq. Eimu'ti'titeg na gina'muo'guoml, gaqi'sg ewleiut'pnig aq mu ignmuamg'pnig Nnui'sultinew aq ewmnew ta'n telo'ltimg. Ula mijua'ji'jg na negmow sapawsultipnig.

It is estimated that over 150,000 Indigenous children in Canada were sent to residential schools where they were forced to live away from their families and their communities. While at the schools, the children were often mistreated and weren't allowed to speak their native languages or practice their traditions. These children were survivors.

Ta'n wen Giswi'g'g

Jodie Callaghan na Mi'gmewi'sgw tleiawit Listugujg Nnue'gati, Gespe'gewa'gig gigjiw Gepeg. Gi's ne'gaw gesatg a'tugwej aq ta'n tujiw ewi'gigej maw glu'lg ta'n telwe'jitoq ta'n wetapegsij aq ta'n telo'ltimg. Gisite'g'p wi'gmn Ga's jigs'tuateg pugwelnitl mimajuinu'l ta'n telimt'pnn ta'n teliaqap ejiglgimuteg gneg gina'muo'guomg. Jodie nige' etlgina'muet ta'n tleiawij Listugujg. Toqa'majig ugji'nmuml, unjanual aq tapusijig 'nmu'ji'jg.

Ta'n wen Nujiamalwi'giget

Georgia Lesley na Ganaties, nujiamalwi'giget aq amalamugwa'teget ta'n wigit British Columbiaeg Qalipue'gati. Poqjiamalwi'gigep 2006eg aq wejo'tg ugtamalwigaqanml 'gjitmamu'tn aq musga'tun wijeitelignaq amalwi'gaqan 's'tge' ewi'gas'g a'tugwaqan.

Ta'n wen Nujins'tmasewet

Joe na etligs'tqamuip Listugujg, Gepeg. Gaqismiliala'sit muta ne'gaw milialugwet gesgmnaq nasa'sigweg Mi'gmaq-Mi'kmaq Online Language (MMOL) gelusig glusuaqanei. Joe etlgina'masip nipgl Espigina'masimg Alberta weja'tegemgeg 2007eg glapis 2010eg, na'te'l wejgina'masip ta'n telmiliangaptm'gl tli'suti'l 'Nnuweie'l ula Elmimt'gmi'g. Ne'gaw gatu Gigjilugwet Mi'gmewi'suti weja'tegemgeg etlugweteg MMOL, nujins'tmasewet aq elg etllugwep Listugujewe'l gina'muo'guoml.

About the Author

Jodie Callaghan is a Mi'gmaq woman from the Listuguj First Nation in Gespegewa'gi near Quebec. She has always been drawn to storytelling and has found writing to be the best way to connect to her history and culture. She was inspired to write *The Train* after listening to many people tell her about their residential school experience. Jodie is currently working as an adult education teacher in her community. She lives with her husband, child, and her two pugs.

About the Illustrator

Georgia Lesley is a Canadian-born professional artist and illustrator living in British Columbia's Cariboo region. She began illustrating in 2006 and strives to create a sense of depth, emotion, and visual storytelling to assist and enhance the written word.

About the Interpretor/Translator

Joe Wilmot was born in Listuguj, Quebec. He traveled extensively in the construction trades before he became involved with Mi'gmaq-Mi'kmaq Online Language (MMOL), the talking dictionary. Joe went to the University of Alberta for summer courses from 2007 to 2010, where he learned about the linguistics of native languages of North America. He has continued to work in the Mi'gmaw language since the early days of MMOL, translating/interpretating, while also working in the Listuguj School System.